赤ちゃんと母《ママ》の火の夜

早乙女勝元／作
タミ ヒロコ／絵

新日本出版社

ある日、一本の電話から

「もしもし、あのぅ、そちらは東京空襲《くうしゅう》を記録する会の方ですね」

「はい、そうです」

「うちの近所に、大空襲直前の三月九日に、赤ちゃんを産《う》んだ人がいますけれど、上のお子さんたちはみんな亡《な》くなったとか。そんな話、聞いていただけるのなら、といっています」

「ええ、もちろんです。その方のお名前と住所を教えてください、電話番号も。こちらから連絡《れんらく》しますから」

ぼくは、すぐメモ帳に鉛筆《えんぴつ》をはしらせました。その人のお名前は武者《むしゃ》みよさん、四二歳《さい》、本所区《ほんじょく》（いまの墨田区《すみだく》）竪川《たてかわ》四ノ二で焼《や》けだされ、現在《げんざい》も旧《きゅう》住所にいるとか。

どこのだれやら、見知らぬ人から、そんな一本の電話がかかってきたのは一九七〇年、つまり戦争が終わってから、二五年めの冬のことでした。

まだ三〇代のぼくは、それまで東京大空襲のことが、新聞やテレビに報《ほう》じられることがめったになく、このままでは一夜にして一〇万人ものいのちが失われた「火の夜」も、なかったことになりかねないと、不安にかられて、なやんでいました。

それで、東京都で大空襲の資料集《しりょうしゅう》を作れないものかと、電話の人が口に

1932〜

した民間のグループ「東京空襲を記録する会」を呼《よ》びかける一方で、空襲体《たい》験者《けんしゃ》からの聞き書きをはじめたところだったのです。

でも、北風のなかをやっと探《さが》し出した体験者の表情《ひょうじょう》は重苦しく、「三月一〇日の話？　かんべんしてくださいよ」「二度と思い出したくないからね」「しゃべっても、あの子がもどってくるわけじゃなし」などと、そっけなくいわれますと、返すことばもありませんでした。しかし、さいごに「寒いなかご苦労《くろう》さま」のひとことに救《すく》われて、ほっと胸《むね》をなでおろしたものです。

だれしも、過去《かこ》の傷《きず》にふれられるのはつらいのです。お茶飲み話ですむような内容《ないよう》ではないのです。ぼくは、わが家が全員無事《ぶじ》だったことにひけめを感じながら、だからこそ、知らない人には伝えることが必要《ひつよう》なんだと、同じ人の家にもう一度訪《たず》ねていったこともあります。

そんな個人的《こじんてき》な活動が新聞にも小さく報じられて、わざわざ紹介《しょうかい》の電話をくれる人もいましたし、電話口で、自分の体験をしゃべりだす人もいたのには、大いにはげまされました。

見知らぬ人からの一本の電話から、ぼくがすぐ取材《しゅざい》バッグを手にして、武者みよさん宅《たく》へと向かったのは、いうまでもありません。

ここで、ちょっと歴史《れきし》をタイムスリップして、大空襲に至《いた》るまでの内外の動きを、ふりかえってみることにしましょう。

B29が東京上空にくるまで

日本がアメリカ、イギリスなどを相手に、大戦争《だいせんそう》の火ぶたをきったのは一九四一（昭和一六）年一二月のことです。

それより前に、中国と戦争をしていましたが、当時の軍歌《ぐんか》の一節「どこまでつづくぬかるみぞ……」ではないけれど、ぬかるみつづきではたまらないとばかりに、戦火《せんか》を太平洋にまで広げたのです。

太平洋戦争がはじまったばかりの日本軍は、「勝った、勝った」のニュースにあけくれましたが、年がかわるたびに、雲行きがあやしくなっていきました。日本軍は各地で敗退《はいたい》する一方で、アメリカ軍は日本本土に向けて、総《そう》攻撃《こうげき》の足場を一歩ずつかためていたのです。

そして、一九四四（昭和一九）年には、東京から二三〇〇キロ地点の、サイパン、テニアン、グアムからなるマリアナ基地《きち》の日本軍が全滅《ぜんめつ》。日本軍用だった滑走路《かっそうろ》が大急ぎで整備《せいび》されて、「超《ちょう》・空の要塞《ようさい》」といわれるアメリカの重爆撃機《じゅうばくげきき》ボーイングB29の前線基地となりました。

次の年、一九四五（昭和二〇）年は、太平洋戦争さいごの年ですが、一月一日元旦《がんたん》から、B29が爆弾《ばくだん》、焼夷弾《しょういだん》の〝お年玉〟を山ほど積んで、東京の上空に現《あらわ》れました。不気味《ぶきみ》なサイレンが鳴りつづけ、連日連夜の空襲《くうしゅう》です。

でも、三月一〇日未明《みめい》の大空襲《だいくうしゅう》は、それまでの空襲とはちがう点が、いくつかあります。

①まず深夜だったこと。暗やみではB29を迎《むか》えうつ高射砲弾《こうしゃほうだん》が当たりません。

②B29は三〇〇機からなる大編隊《だいへんたい》できたこと。かつてない大がかりの空襲です。

③それらのB29は、高度をぐんと下げて、超低空《ちょうていくう》で東京に侵入《しんにゅう》したこと。目標《もくひょう》への爆撃が正確《せいかく》になります。

④日本の木造家屋《もくぞうかおく》に火が燃《も》えうつりやすいように、ナパーム性《せい》の油脂《ゆし》焼夷弾一七〇〇トンを投下したこと。

B29の目標は、長屋ふうの木造家屋がびっしりと軒《のき》をつらねているところで、人口がもっとも多い東京の下町地区です。しかも春先の北風が強く吹《ふ》きあれる日をわざわざえらんで、日本向けに開発されたM69という焼夷弾を、積めるだけ積んでやってきたのです。

M69は集束弾《しゅうそくだん》といって、B29から投下されると途中《とちゅう》で親弾《おやだん》が分解《ぶんかい》し、三八発もの小型弾《こがただん》（M69）となり、すさまじい密度《みつど》で、目標に集中落下します。炸裂《さくれつ》と同時に、ガソリンをふくめたナパームをまき散らして、四方に火災《かさい》を広げ、水もはねかえして、あたり一面が火の海に。

その火力たるや、お皿も花びんもひとかたまりのビードロにするほどの高熱です。一発や二発ならともかく、一軒《いっけん》の家に六、七発も落ちたのでは、手のつけようがありません。

でも、人びとは、火は消さなければいけないと教えられていました。そのために逃《に》げおくれた人が多かったのです。

ボーイング B29

スーパーフォートレス戦略爆撃機

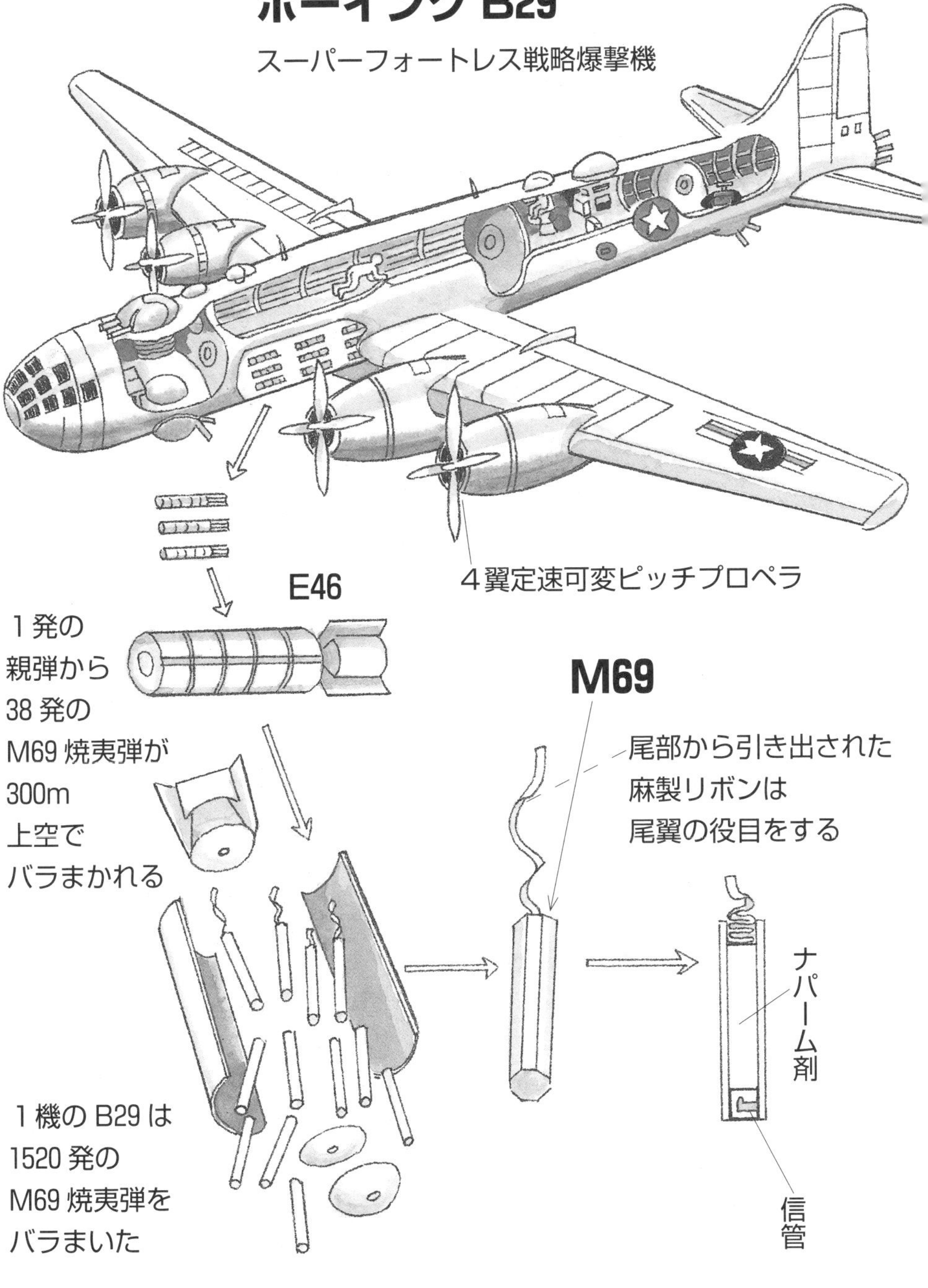

家も人も町も、なにもかも焼《や》きつくし、人びとから戦争《せんそう》をする気力をなくさせるのを目的にした大空襲は、昭和二〇年三月一〇日が最初で、アメリカ軍の無差別爆撃《むさべつばくげき》の幕開《まくあ》けでした。

敵機《てっき》が先か　お産《さん》が先か

さて、はじめてお目にかかった武者《むしゃ》さんの場合は、どんな体験《たいけん》だったのでしょうか。その時の聞き書きノートを開いてみることにします。

武者みよさんは、本所区竪川《ほんじょくたてかわ》四ノ二の武者電機製作所《せいさくしょ》社長・榮《さかえ》氏の妻で、一二人のお子さんがいました。

当時はどこの家も子だくさんでしたが、一二人とはおどろきで、ぼくの表情《ひょうじょう》の変化に気づいたみよさんは、「そう、まるで保育園《ほいくえん》のようでしたよ」

エホン

と、笑いました。

武者家は、子どもと夫と両親まで入れると、一六人もの大家族になります。そして一三人目の出産《しゅっさん》で、みよさんが大きなお腹《なか》をかかえながら、近くの相生病院《あいおい》(現在の相生産婦人科《さんふじんか》医院)に入院したのが、三月九日午後のことでした。

夜、警戒警報《けいかいけいほう》のサイレンのうなるなかで、お腹の痛《いた》みがはじまりました。いよいよ産《う》まれるぞの陣痛《じんつう》です。

分娩室《ぶんべんしつ》のライトがちらとでも外にもれないように、窓《まど》には黒布が何重にもかさねられ、柱時計の音がコチコチと急に大きくなったかのようで、敵機《てっき》がやってくるのが先か、お産が先か、息づまるような時が過《す》ぎていきます。

一度、夫の榮氏が見舞《みま》いにやってきましたが、みよさんは「家のほうが心配だから」といって、すぐ家に帰しています。みよさんはすでに一二人も産んでいるのですから、お産には自信がありました。でも、警報中のお産ははじめてのことです。

江口勝四郎《えぐちかつしろう》院長と、山田イク婦長《ふちょう》は、緊張《きんちょう》するみよさんの気持ちをやわらげようと、呼吸法《こきゅうほう》を教えたり、マッサージをしたりしながら、

「大丈夫《だいじょうぶ》、もう少し、もう少しですよ」

と、はげましつづけました。一一時七分、大きな産声《うぶごえ》とともに、元気な赤ちゃんが、この世に誕生《たんじょう》しました。

「はい、うまくいきましたよ、五体満足《ごたいまんぞく》の女の子ですよ」

おめでとうと、山田婦長がいいますと、みよさんは何度もうなずき、目をほそめました。山田婦長はあの夜のことを語ります。

「ええ、そりゃ、ようくおぼえていますよ。あの夜に産まれた赤ちゃんのことは。戦時下《せんじか》なのによく太った女の子で、たしか三五〇〇グラムはあったでしょうね。カルテを焼《や》いてしまいましたからわかりませんが、お産は正常《せいじょう》で、母子ともに元気でした」

三〇年もお産ひとすじに生きてきた山田看護婦《かんごふ》（現在《げんざい》は看護師《かんごし》）は、ぼくが訪《たず》ねた時も同病院の婦長さんで、三月九日に産まれた赤ちゃんのことは、決して忘《わす》れはしない、といいます。

しかし、みよさんがほっと胸《むね》をなでおろした時間は、ものの一時間もなかったのです。

山田婦長が、赤ちゃんに産湯《うぶゆ》をつかわせ、母親の横の小さなベッドに寝《ね》かしつけた時でした。

Ｂ29の爆音《ばくおん》とともに、焼夷弾《しょういだん》が雨アラレと降《ふ》り注《そそ》ぎ、猛突風《もうとつぷう》にあおられた煙《けむり》と火の粉《ひこ》が、激流《げきりゅう》のように押《お》しよせてきたのです。

江口院長は、警防団救護部長《けいぼうだんきゅうごぶちょう》として、両国警察《りょうごくけいさつ》の詰所《つめしょ》へととんでいき、その留守《るす》をあずかる山田婦長は、三階の屋上へとかけ上がりました。北風に吹《ふ》きとばされそうになりながら、深川《ふかがわ》方面を見た婦長は、目を見張《みは》りました。

ごうごうとうなる北風にあおられて、そそり立つ大小無数の火柱が、渦《うず》をまいて流れながら、押しよせてきます。深川地区ばかりではありません。各所の火柱はたちまち合流し、大火災《だいかさい》となって、江東《こうとう》地区全体に広がりはじめようとしています。ぐずぐずしていれば、病院は火の大波にのまれてしまいます。

焼けただれた上空を群《む》れとぶＢ29は、これまで一度も見たことのない大き

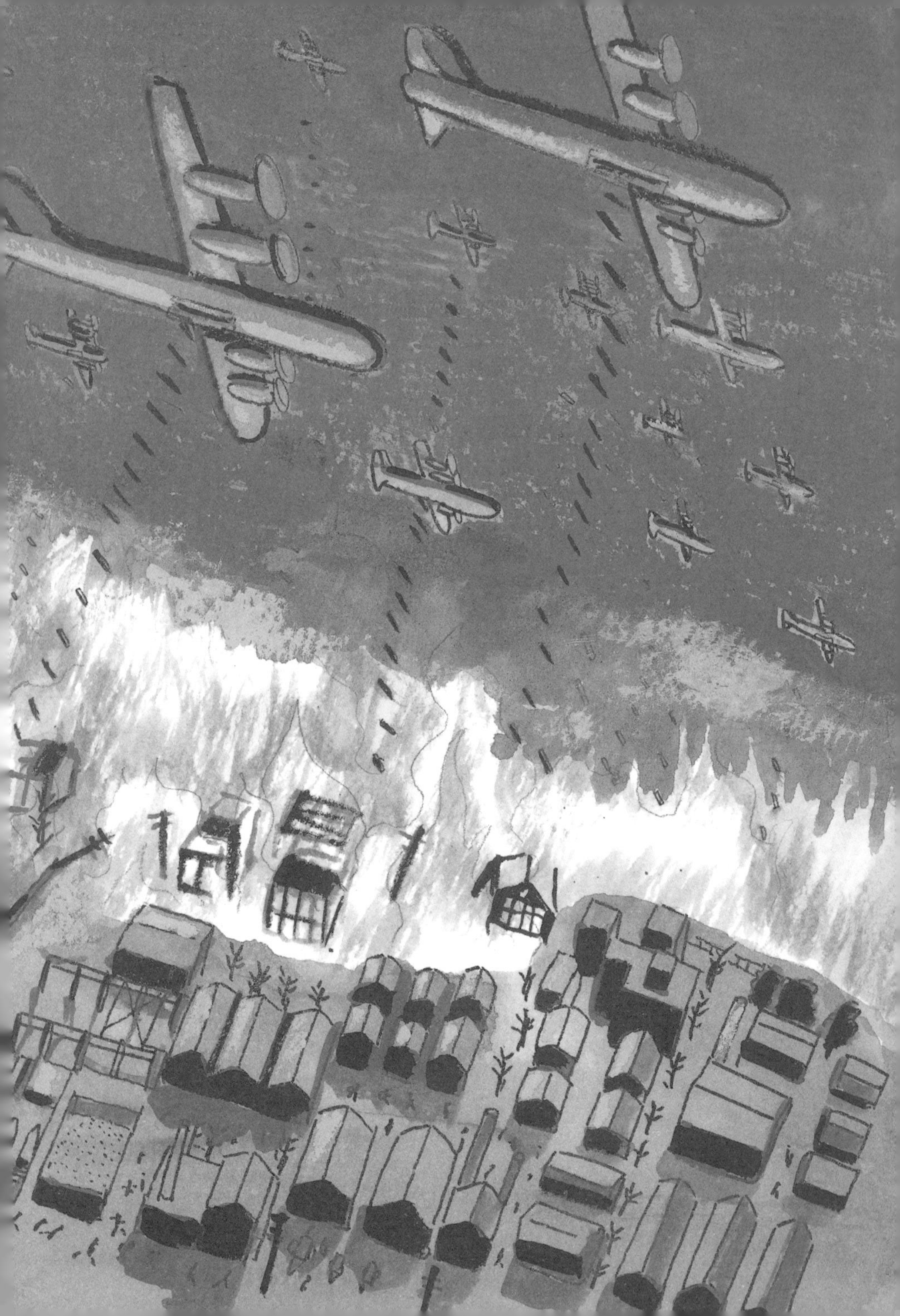

さて、ジュラルミンの翼《つばさ》も胴体《どうたい》も地上の火焔《かえん》を映《うつ》して、めらめらと真紅《しんく》に燃《も》えています。と見るまに一機が電柱すれすれに突《つ》っこんできて、バラバラと焼夷弾をぶちまけていきました。それがすぐ火の海に。

「緊急事態《きんきゅうじたい》発生、すぐ避難準備《ひなんじゅんび》に！」

山田婦長は声をからし、伝令《でんれい》は両国署《りょうごくしょ》の江口院長にも届いて、すぐにかけつけてきた江口院長は、ただちに入院患者《かんじゃ》を主にした緊急避難態勢《たいせい》に入りました。

赤ちゃんを抱《だ》きしめたみよさんには、タンカが用意されました。

入院中だった患者は、ある者は赤ちゃんを抱き、また看護婦にすがって、病院を脱出《だっしゅつ》すべく玄関先《げんかんさき》にと集結《しゅうけつ》しました。

患者を守る医師と看護婦は、山田婦長をふくめて一五人でした。

武者《むしゃ》みよさんの語り
母子《ははこ》を乗せてタンカは走る

私、産《う》まれたばかりの赤ちゃんをかかえて、タンカに乗せられましたが、そりゃ、なんとも恐《おそ》ろしく、これから一体どうなるのか、ただただ不安でいっぱいでしたよ。だって、赤ちゃんは、まだなんの抵抗力《ていこうりょく》もありませんもの。ほんとうは、母子ともに安静《あんせい》にしていなければいけないのです。

ほかの患者《かんじゃ》さん？

そうですねえ、病院には七、八人は入院していたようでしたが、お産《さん》のすんだ人ばかり。タンカに乗せられたのは、私だけでした。

タンカの上に敷《し》きぶとんを二枚重《にまいがさ》ねにして、その上に私が赤ちゃんをかかえて横になり、足もとに着替《きが》えやらミルクなどの荷物を、ふろしき包みにしてのせましてね、上には掛《か》けぶとんを二枚重ねましたから、上下四枚。そりゃ、ひどく重かっただろうと思いますねえ。ふとんだけでも、相当な重さでしょうよ。

私はそれが気になって、気になって、恐ろしいやら、申《もう》し訳《わけ》ないやらで、生きた心地がしませんでしたよ、ほんとうに。

掛けぶとんは、頭のほうだけ、ちょっとあけていただきました。赤ちゃんが、もしも窒息《ちっそく》でもしたら大変と、婦長《ふちょう》さんが気をきかしてくださったのですよ。

「先生、この私だけ、病院に残してくださっていいんです」

って、あまりの申し訳なさにいいましたら、

「患者を残して、医者が生きられますか！」

と、江口《えぐち》先生は怒《おこ》ったようにいい、

「あんたは、赤子《あかご》と休んでいなさい！」

と、私の頭に、すっぽりとふとんをかぶせてしまいましたよ。

先生の指揮《しき》のもと、私の体は私の自由になりませんで、もう運を天に、皆《みな》さんにおまかせするしかありません。

あとは、とんと見当もつきませんの。この世のものとは思えない北風と、びゅうびゅうと空一面に舞《ま》い上《あ》がる火の粉《こ》とで、途中《とちゅう》、掛けぶとんの一枚が、天高く吹きとばされたのはおぼえています。それまで看護婦《かんごふ》さんの一人

が、横からおさえてくれていたんでしょうね。

「もうこうなれば、ひもでくくりつけるより仕方がない」

と、先生の声がして、それからふとんごと、タンカにしばりつけられてしまいました。ええ、もう身動きできません。がんじがらめですよねえ。

でも、時どきふとんのはしから、外に目をやりますと、ヒュルヒュルゴーっていやな音がして、至近弾《しきんだん》です。どどどんと火の手が四方八方に。タンカも大揺《おおゆ》れになり、ひもでしばられていなかったら、赤ちゃんごと放り出されたかもしれません。

ガラガラバリバリッと建物が焼《や》け落ちたり、悲鳴やらどよめきやら、そりゃ、今にも心臓《しんぞう》がつぶれそうな感じです。なのに、大荷物のタンカを持って走る皆さんのことを思うと、私はとてもじっとしてなんかいられずに、

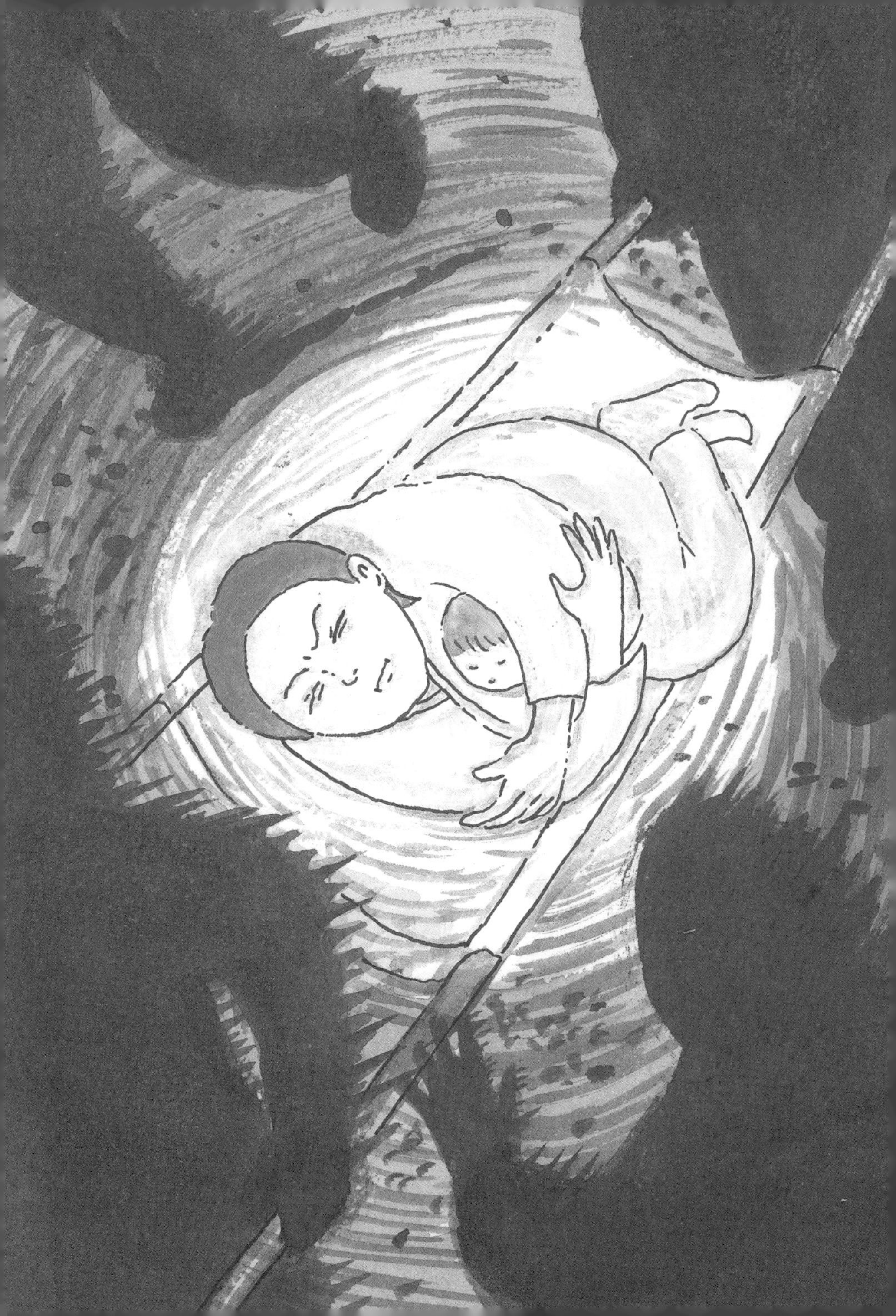

「先生、先生！　もうこの辺で、タンカを放り出して、すぐ逃《に》げてください、皆さんですぐに！」

って、必死《ひっし》の声でいいましたら、

「あんたは、外を見ちゃいかん！」

またまた、頭の上から、すっぽりですよ。ただただ頭が下がりましたねえ。

え？　家族のこと？

いえ、なんにも。だって、家には一五人もいるんですもの。男手もあるし、私だけがここでがんばりさえすれば、後はどうにかなるものとばかり思って、家族の無事《ぶじ》は信じてうたがいませんでした。

さて、それから、タンカ隊はどの道を、どのように走ったでしょうか。

あっちだ、こっちだの先生の声とともに、掛けぶとんのすき間からちらっと外を見ますと、火の粉がどっと目にとびこみ、どこいらへんを走っているのかはわからないんですけれど、映画館《えいがかん》の入口あたりと、それからよその人がふとんをめくって、

「おや、まあ、武者電機の奥《おく》さんでございますか」

そういって、あいさつされたのをおぼえていますわね。

でも、それがどこのだれやら。私も頭がおかしくなりかけていたんでしょうね。ただただ赤ちゃんはどうなっているかと、そればかりが気になって、先生も看護婦さんも、時どきふとんをめくっては見てくれましたけれど、大《だい》丈夫《じょうぶ》、赤ちゃんはねむりっぱなしでしたよ。

結局、病院用の避難所《ひなんじょ》はみんなやられてましまして、猛火《もうか》と渦《うず》まく煙《けむり》のなかを五時間近くも動きまわり、私らがたどりついたのは、焼け残りのアパートで

した。
そこは、どこだったのか。
タンカに付《つ》きそった山田婦長は、ぼくの疑問《ぎもん》に答えてくれました。

山田婦長《ふちょう》さんの語り
総武線両国駅《そうぶせんりょうごく》のガード下で

病院では、非常用《ひじょうよう》にそなえて、あらかじめ三カ所の避難所《ひなんじょ》がきめてありました。

第一は病院から約一〇〇メートル先の日活映画館《にっかつえいがかん》、次はそれより先の緑《みどり》国民学校《こくみんがっこう》（小学校）、そしてさいごは総武線両国駅のガード下ですが、外部での逃避行《とうひこう》ははじめてで、B29は暗いところに先まわりして投弾《とうだん》しますので、火の手はおどろくほど早く、日活映画館はばかでかい火だるまでした。少し待機《たいき》していたんですけれどたちまち危険《きけん》となって、緑小をやめて、第三の両国駅を目指したんです。

タンカが、とても重かったのをおぼえています。

私らもタンカを持つことはあるのですけど、それはたいてい病院内で、少しの距離《きょり》ですから、あまり重さを感じることはなかったのですよ。おまけに、タンカの走る道は、至《いた》るところに防空壕《ぼうくうごう》が掘《ほ》ってあったり、家が焼けくずれたりしていて、障害物《しょうがいぶつ》だらけ。

たとえ交代でといいましても、タンカは二人でしか持てませんからね。ええ、やっぱりこたえましたね。

火の粉《こ》をかきわけていくと、衣類《いるい》にも火がついて、それをたがいにもみ消し、防火《ぼうか》用水の水をかけあってですよ。さいわいに看護婦《かんごふ》ですから、赤十字

のバッグに、やけどの薬は持っていました。

それと、ヒヤッとしましたのは、ガード下にたどりついた時のこと。タンカを地上に降《お》ろしていましたが、猛火《もうか》とともに避難する人が、大荷物ごとどっとくり出してきて、頭上の鉄橋からも、枕木《まくらぎ》の燃《も》えカスがばらばら落ちてくるんです。

ガード下は、吹《ふ》きつける火の波と、助けを求める人や荷物で身動きもつかなくなり、ラッシュの時みたいに。地上におろしたタンカごと、もみくちゃにされそうになったんです。

踏《ふ》みつぶされては大変と、看護婦さんたちはピケっていうのかな、ほら、今でいうスクラムを組んで、一歩も退《ひ》かずに、

「押《お》さないで、押さないで！」

「ここには、このタンカには、赤ちゃんと母親がいるんです！」

「赤ちゃんは、ついさっき産《う》まれたばかりなんです」

「私たちは相生《あいおい》病院の者で、患者《かんじゃ》を守って、やっとここまできたんです！」

「皆《みな》さんの、ご協力《きょうりょく》をお願いします！」

と、口ぐちにさけべば、すぐに道を開けてくれる人や、両手を合わせて私たちの無事《ぶじ》を祈《いの》る人、お世話してくれる人までいたのには、びっくりするやら感激《かんげき》するやら。やっぱり下町っ子ですわねえ、と山田婦長さん。

「へえっ、そんなことがあったんですか……」

看護婦さんは、いのちをあずかる職務《しょくむ》とはいえ、だれもが死ぬか生きるかの大ピンチの時に、信じがたいお話で、ノートに聞き書き中のぼくは、胸《むね》の内からこみ上げてくる熱《あつ》いものを、おさえようがありませんでした。

タンカ隊がやっと一息ついたところは、両国駅にほど近い二階建てのアパートでした。

おむすび一つをもらい

そこは、相生《あいおい》病院の看護婦《かんごふ》さんたちの寮《りょう》で、風の向きかげんのせいか、ぽつんと焼け残ったのです。

ここまでの避難《ひなん》中に、行動を共にしてきた患者《かんじゃ》の中から、やはり犠牲者《ぎせいしゃ》がでました。

母親の一人が抱《だ》いていた未熟児《みじゅくじ》の赤ちゃんで、すでに冷《つめ》たくなっていたのです。その母親は亡《な》くなったわが子を抱きしめて、おうおうと泣きつづけ、みよさんがいくら声をかけても、聞く耳を持たなかった、とのこと。

みよさんは、無事《ぶじ》だったわが子を胸《むね》に、ほっとしたとたん、家に残してきた一二人の子どもらと、両親や夫の身へと、想《おも》いが移《うつ》りました。

ほとんど同時に、火中を生きのびた人びとから、大空襲《だいくうしゅう》の被害《ひがい》状況《じょうきょう》が知らされたのです。それは大変なもので、東京の下町地区は全滅《ぜんめつ》に近く、窓の外はどこまでもはてしない焼け野《や》原で、相生病院も、わが家や工場もことごとく焼失《しょうしつ》。でも、病院の関係者はいいました。

病院の焼けあとには、「院長、看護婦とともに無事、患者とともに両国のアパートに待つ」の伝言板《でんごんばん》を、残してきました、と。

だから、それを目にした家族は、全員でなくてもだれかが、息せききって駆《か》けつけてくるはずですよ。ひょっとして、次の瞬間《しゅんかん》かもしれませんの言葉に、みよさんは廊下《ろうか》の足音に耳をすませました。赤ちゃんがいるので、やたらに動くことはできません。

三月一〇日の昼近くになって、焼けこげたぼろぼろの衣服のまま、亡霊《ぼうれい》のような姿《すがた》を見せたのは、となりの家に住む義弟《ぎてい》の佐和氏《さわし》でした。みよさんは、最初はどこのだれやらわからなかったそうです。佐和氏はみよさんの夫の経《けい》営《えい》する工場の従業員《じゅうぎょういん》でもあれば、夫の実弟《じってい》でもあります。

ああ、やっときてくれたのかと、みよさんのほおはゆるみました。でも、火煙《ひけむり》で黒ずんだ佐和氏の表情《ひょうじょう》には、まるで生気がなく、その口調ももつれて、よくききとれません。朝から、妻《つま》と三人の子どもの行方を探《さが》しているところだ、と。

さらに聞いてみますと、佐和氏は、武者家《むしゃけ》と行動を共にしたであろう妻や

子と一緒《いっしょ》だったわけではなかったのです。家族は武者家一同と先に逃《に》がし、自分は一人だけ工場に残って、大事な工具類《るい》を、地下壕《ちかごう》に運んでいたとのこと。そのために逃げおくれて、三之橋《さんのはし》のきわの水道局ポンプ場にたどりつき、窓《まど》ガラスを割《わ》って室内に入り、助かったのだそうです。

「それじゃ、みんなは一体どこへ？」

みよさんは、すがるような思いでたずねましたが、

「わからん、わからん……」

と、佐和氏は首を横にふり、いくらか落ちつきをとりもどした声で、

「最初はね、全員が庭の防空壕《ぼうくうごう》に避難したんですよ。ところが、私が工場内で作業中に、バラバラと落ちてきて火の海になりおった。こりゃいかんと庭の防空壕へ近よったら、二つの入口から火柱がどおんとね。みんなはすでに

逃げたのにちがいないと、私は竪川《たてかわ》へ」

「……」

「今朝方《けさがた》、防空壕へ行ってみたものの、すっかり焼けくずれていて、だあれもいないし、だあれもこない」

わからんのひとことを最後に、佐和氏はよろめくように立ち去りました。

待てばくるはずの家族たちが、消えてしまったままで三月一〇日の午後になり、夕方から夜になったけれど、なんの変化もなし。

三月一一日、一睡《いっすい》もできずに朝を迎《むか》えたみよさんの前に、若さではちきれそうな娘《むすめ》が登場しました。田舎《いなか》にもどっていた病院の看護婦さんで、なにかの用事で上京し、江口《えぐち》先生や同僚《どうりょう》のいるアパートに、たどり着いたのです。

彼女《かのじょ》は、みよさんに同情《どうじょう》して、白米《はくまい》のおむすび一つを分けてくれました。

みよさんは、それをありがたくおしいただき、自分は食べずに、やがてここへやってくるはずの子どもたちに残しました。一二人もの子らに、たった一つのおむすびでは、どう分けていいのやら見当もつかなかったものの、ないよりはましです。

家族全員がどうして消えたか

赤ちゃんと、おむすび一つを手にしたみよさんの胸《むね》の内とは無関係《むかんけい》に、また非情《ひじょう》な時間がすぎていき、三月一二日の朝がきました。やはり、だれ一人として、待ち人はきてくれません。

三月一三日、さすがのみよさんも待ちくたびれて、頭がおかしくなってきました。もはや家族全員の死亡《しぼう》はたしかだろうが、ひょっとして今にも、夫の照れたような笑顔《えがお》とともに、大勢《おおぜい》の子どもたちのざわめきが、その足音が、廊下《ろうか》に聞こえるかもしれない。ほら、きこえた……

しかし、たしかに耳にしたはずの足音も、みよさんの強い思いこみでしかありませんでした。

それにしても、このところ、家族全員が家にそろうなんてことはとても珍《めずら》しく、正月ならともかく、一年のうちにめったにないことです。

それがどうしてかというなら、三月一〇日土曜日が陸軍記念日《りくぐんきねんび》の休日で、翌《よく》日曜日と二日つづきの連休《れんきゅう》とあって、学校や職場《しょくば》は、家族とのなごやかなひとときを優先《ゆうせん》したのです。それが、取りかえしのつかぬ結果になったのでした。

たとえば、四女の清子《きよこ》は六年生で、進学のために学童疎開先《そかいさき》から帰宅《きたく》したのが、ほんの三、四日前のこと。あと一週間おくれていたなら、この子だけ

でも救えたかもしれません。

清子だけではありません。

長男の洋一郎《よういちろう》は、海軍兵学校《かいぐんへいがっこう》の試験を受けたものの、体重不足で落ちて、二階の部屋でこもりきりでした。もし受かっていたら、家にはいなかったはず。二女の正子は上野高女の女学生でしたが、勤労《きんろう》動員で工場へ。仕事は一日おきの夜勤《やきん》で、彼女《かのじょ》が家にいるのは、いつも奇数日《きすうび》なのでした。これが、もしも偶数日《ぐうすうび》だったら、助けられたかもしれません。

どの子にもいえる偶然《ぐうぜん》の一致《いっち》が、とんでもないわざわいをもたらしたのです。

しかし、武者《むしゃ》・佐和家《さわけ》は、二〇人近い大家族です。全員がそろいもそろって、一人も残さずに、どこでどのように消えてしまったのでしょうか。

義弟《ぎてい》が話せなかったこと

いくら考えても、謎《なぞ》は深まるばかりですが、ぼくは佐和氏《さわし》から、義理《ぎり》の姉《あね》にも決して話せなかった話を聞いて、ノートにしるしています。

「どこで消えたかって？」

と佐和氏は、けわしい表情《ひょうじょう》になりました。

「そりゃ、私も考えましたよ。いいトシの両親もいれば小さいのもいて、空《くう》襲下《しゅうか》にそう遠方まで、逃《に》げられるはずはない、とすると……」

「庭先の防空壕《ぼうくうごう》を調べたあとのことですよね」

「ええ、すぐにピンときました。おそらく、となり組の避難所《ひなんじょ》にちがいない、とね」

佐和氏は、つづけます。

「当時のとなり組には、万一の時のための避難所が、指定されてましたが、竪川《たてかわ》四丁目の場合は、もよりの菊川《きくかわ》小学校でした。その学校がB29にねらわれて、大火葬場《だいかそうば》になってしまったのです。私は三月一〇日の朝に現場《げんば》を見ていますが、赤子《あかご》を抱《だ》いた義姉《あね》には、とても口にできるようなもんじゃなかったです」

「え？　どういうことですか」

「正門から一歩入ったとたんから、折り重なる死体の山ですよ。黒焦《くろこ》げで炭

化したのもあれば、半焼《はんや》けのもあり、そうかと思うと、衣服がこげたくらいで、今にも動き出しそうな死体もね。みんなホトケ様ですから、またいで通るわけにはいかないが、とうてい避《よ》けきれるもんじゃなかった」

「……」

「しかし、なんといっても、もの凄《すご》かったのは、講堂《こうどう》ですよ。ええ、何層《なんそう》もの白骨《はっこつ》と黒焦げの死体が、天井《てんじょう》にまでとどかんばかりに、ぐわーんと盛り上がって、まだブスブスとくすぶっているじゃないですか。講堂は、正門の横に入口、後方に出口があって、火に追われた人たちが、大荷物もろとも、入口からどーっとなだれこんだんでしょうな。しかるに後方の鉄扉《てっとびら》は内開きなんですよ。内側から引いて、扉をあけるゆとりもなしに、人びとが殺到《さっとう》したもんだから、最初の者は下積みのプレス状《じょう》になり、次々と折り重なって、そんな異様《いよう》な死体の山に、なってしまったんではないのか、と」

「……」

「むろん真相はわかりません。なにせ生きてもどってきた者がいないんですからね。義姉の家族とうちの家族とで、計一九人が同時に死んだとなると、死に場所は一ヵ所でしかなく、やはり菊川小の、あの講堂だったんだろうと思いますね」

ぼくは、背《せ》すじにゾクゾクと、つめたいものが走りました。

後になって、公式資料で三月一〇日大空襲《だいくうしゅう》後の仮埋葬《かりまいそう》数を調べてみますと、菊川小と同公園とで埋葬遺体《いたい》数は四五一五人と出ています。現地《げんち》まで行ってみましたが、児童遊園《じどうゆうえん》ほどのせまい公園です。

近くの錦糸《きんし》公園が一万三九五一人、猿江《さるえ》公園が一万三二四二人、上野公園では八三九一人！　東京都内に仮埋葬された遺体は、一三一ヵ所の八万二四九体だそうで、その他もふくめますと約一〇万人。みんな数時間前まで灯火《とうか》管制下《かんせいか》の薄暗《うすぐら》い部屋で、語りあったり、ため息をついたりしていた人たちでした。

想像《そうぞう》をこえる人命が、避難先などで失われたのは、なんと皮肉なことかと思います。

それまでの戦争で、いかなる激戦地《げきせんち》といえども、一夜にして一〇万人ものいのちが失われたことはありません。東京は地獄《じごく》さながらの「戦場」だったのではないでしょうか。

戦後になってから、仮埋葬された遺体は掘《ほ》り出されて火葬《かそう》されましたが、まだどこかに埋《う》まったままの、あるいは運河《うんが》から東京湾《わん》にまで流された無数

の遺体も、あるはずです。

義弟からの目撃談《もくげきだん》を知らされなかった武者みよさんの、わが子たちへの回想は、時がたつにつれて、一人また一人と、まぶたのうらによみがえってきます。みんな弟や妹たち思いのいい子でした。

「あんたたち、一体どうしたのよ？」

と、つぶやいてみても、みな黙《だま》ってふうっと消えていきます。そのたびごとに、みよさんはいてもたってもいられなくなるのでした。

「よく気が狂《くる》わなかったですね」

と、会う人ごとにいわれたそうですが、生まれたばかりの赤ちゃんを手元に残された母親は、まさか一二人のわが子たちの後《あと》を、追うわけにはいきません。あふれる涙《なみだ》をふり払《はら》い、歯をくいしばってでも、生を受けたわが子のために、必死で生きぬく道しか残されていなかったのだと思います。

「一二人もの子どもを残して、あたしらに、もしものことがあったら、どうしましょう?」

と、ある日、みよさんは夫の榮氏《さかえし》に、そんな不安を口にしたことがあります。榮氏は笑っていわく。

「なあに、みんなで働けば、なんとかなるものさ」

まさか、夫をはじめとして、家族全員がひとことの別れのことばもなしに、同時に消えてしまうなんて、夢《ゆめ》にも考えられませんでした。

三月九日生まれの赤ちゃんは、夫の一字をとって、榮美子《えみこ》と名づけられました。

「今は若さでいっぱいですから、〝お母さんの昔話、夢みたい〟なんてのんきにいいますけれど、これで私がいなくなったりしたら、きっと大勢の兄姉たちのことを思う日がくるでしょうよ。一二人がみんな元気でいてくれたなら、どんなに心強いことかって。……一人として、自分勝手に死んだんじゃないの、戦争で殺されたんですよ。私、だれもいないところで、子どもたちの名前を一人ずつ呼《よ》びながら、どんなに泣いたかわかりません。もう、涙は出つくしてしまいましたよ」

語り終えたみよさんは、そっと目頭をおさえるのでした。

※武者家の犠牲者《ぎせいしゃ》　父幾太郎《いくたろう》、母しう、夫榮、長男洋一郎《よういちろう》、二男弘《ひろし》、三男篤《あつし》、四男勳《いさお》、五男英治《えいじ》、長女和子《かずこ》、二女正子《まさこ》、三女礼子《れいこ》、四女清子《きよこ》、五女富子《とみこ》、六女榮子《えいこ》、七女徳子《とくこ》。なお同じく佐和家では、妻《つま》いく、長男進一《しんいち》、二男智《さとし》、長女淳子《じゅんこ》……

あとがき

武者《むしゃ》みよさんの家族一同が走りこんだと思われる菊川《きくかわ》小学校には、後日談があります。戦後も四〇年近く過《す》ぎたある日のこと、菊川小跡《あとち》地から、戦災死《せんさいし》したらしい白骨《はっこつ》が出てきたのです。

それを教えてくれたのは、同校で子どもたちと一緒《いっしょ》に、『東京大空しゅうと菊川小』という郷《きょう》土《ど》文集作りに励《はげ》む関口昭治先生でした。文集は出るたびに、わが家に送られてきていました。

「突然《とつぜん》ですが、今朝《けさ》方、運動場の片隅《かたすみ》から、空襲時《くうしゅうじ》のものらしい骨《ほね》が出てきました。ちょっと見ていただけませんか」

「え？　空襲時って、三月一〇日の？」

「じゃないかと思えるんです。区役所の公園課に連絡《れんらく》しましたら、警察《けいさつ》同行で人骨かどうかを確かめにくるっていうんですが、あなたのほうが詳しいんじゃないか、と思いましてね」

「いやぁ、そんなことはありませんが、とにかくすぐに参ります」

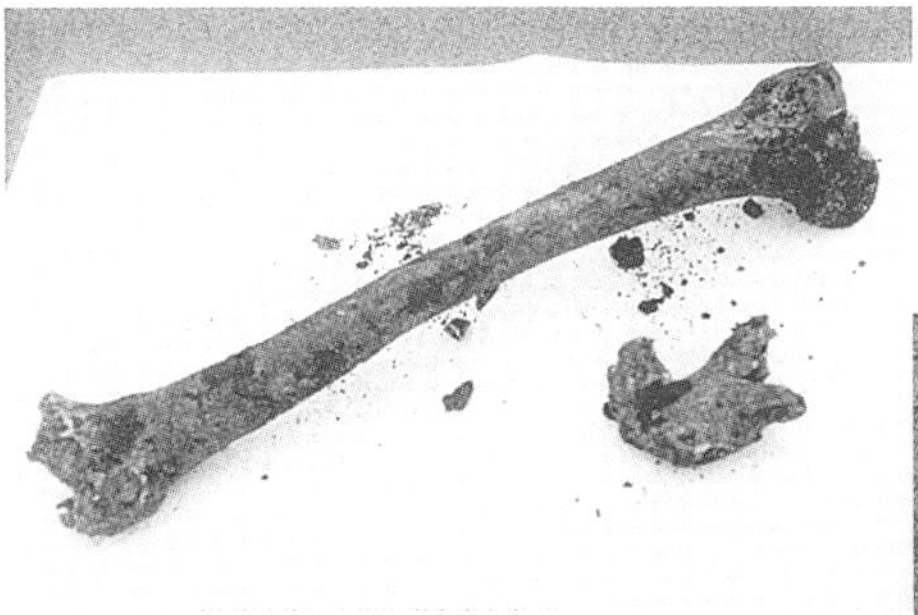

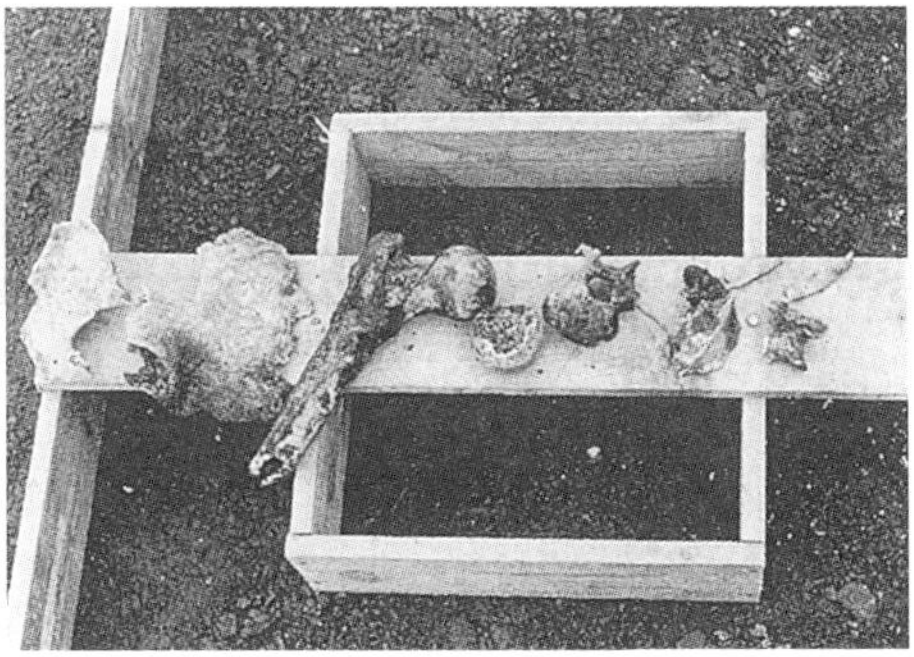

1983年12月23日、東京都墨田区の菊川小跡で発見された東京大空襲の遺骨。

私は外出用のバッグを手にして、家を飛び出しました。

戦災で全焼した菊川小は、ずっと仮校舎《かりこうしゃ》で授業《じゅぎょう》をしていたのですが、（当時）前年に改築《かいちく》されたばかりの新校舎に移った、と聞いていました。行ってみますと、子どもたちの手の跡《あと》も気になりそうなクリーム色の四階建て新校舎です。運動場から小公園に続く空き地では、土砂が山積みにされていて、ショベルカーと、何人かの作業員の姿がありました。

昇降口《しょうこうぐち》の右手が受付もかねた用務員《ようむいん》室で、関口先生は授業中だとか。用務員さんは私の来訪《らいほう》を知っていましたので、先生から伝えられていたのでしょう。

今朝方、犬の散歩中《さんぽちゅう》の子どもが発見したという拾い物は、ビニール袋《ぶくろ》に入れられて、すぐ足元の床《ゆか》にありました。かなりの物量です。

「これが……」

一目見て、私はぎょっとなり、次の言葉を失いました。

それは掘《ほ》り出されたばかりの、残土を付けたままの白骨でした。かがみこんで注目するに、大きめの一本は枯木《かれき》のようにやや反り気味で、両端《りょうたん》が丸くくびれています。

人間の大腿骨《だいたいこつ》ではないかと、用務員さんはいいましたが、ほかにもまだある。なんとも不気味です。人骨だとすると大人で、かなり骨太《ほねぶと》の方ではないかと思われましたが、私の脳裏《のうり》には、ぴしっとはじけるものがありました。もしかして武者《むしゃ》さんの家族ではないのか、と。そうだという保証《ほしょう》はないけれど、そうではないともいいきれません。「おーい」と、呼《よ》びかけたくなりました。

——あなたのお名前は？

——いつ、どこからきましたか？

——だれと一緒に？

——なぜ、この学校に？

——そして、それから、どうなりましたか？

——今、一番言いたいことは？

「——答えてください、どのようにして戦争に巻《ま》きこまれ、こんなことになったのか、語ってください。ひとことでも……」

昇降口《しょうこうぐち》に人声がして、背広姿《せびろすがた》の男たちがどやどやと登場し、私の短かな瞑想《めいそう》はとぎれました。一九八三（昭和五八）年一二月二三日のことです。

私事ですが、私には三人の孫がいて、二〇一七年春には高校生と、中学・小学生になりました。その中学生の話ですが、先生から戦争体験を聞いて、あるいは調べて、レポートにまとめるようにと、宿題が出たそうです。

彼《かれ》は、火の海を逃《に》げまどった私と同年齢《どうねんれい》で、大空襲《だいくうしゅう》生き残りの私は、当然ながら、あの日あの時のことを語らねばなりません。さて、どんなふうに語ろうかと考えているところで、ふと一九七〇年に取材した、武者みよさんのお話を思い出しました。

それは、翌年《よくとし》に刊行《かんこう》された『東京大空襲』（岩波書店）に、八人の体験の一人として書き入れました。

一〇万人余もの生命が失われた一夜の出来事を、ドキュメンタリー映画《えいが》ふうに時間系列構成でまとめたのですが、改めて武者さんだけで、一本にできないものかと考えました。三月九日生まれの赤ちゃんは助けたけれど、二〇人近い犠牲者《ぎせいしゃ》を出した家は、ほかにはなかったからです。

私の知るかぎり、もっとも深刻《しんこく》で、痛《いた》ましい被害《ひがい》体験です。

中学生になった孫が、これを読んでくれたなら、戦争への関心が生じるかもしれないし、武者さんも少しは浮《う》かばれるにちがいないと思いつつ、ペンを進めました。

戦後も七二年。いまや空襲体験者は、私をふくめてかなりの高齢《こうれい》で、人生の残り時間もわずかとなりました。

体験が「歴史」に移行《いこう》する時《とき》が刻々《こっこく》と迫《せま》ってきていますが、その後の追体験は、さまざまな記録や資料《しりょう》に頼《たよ》らざるを得ません。

でも、東京大空襲による民間人の惨禍《さんか》を知ることは、同じ時代をくり返さぬという決意ともつながることでしょう。東京でただ一つの民立による「東京大空襲・戦災資料《せんさいしりょう》センター」（江東区《こうとうく》北砂《きたすな》一ノ五）も、継承《けいしょう》のカナメとして、お役に立つはずですが、とりあえず本書が平和のバトンとなってくれますように、と願わずにはいられません。

生まれたばかりの赤ちゃんを、命《いのち》がけで守《まも》り抜《ぬ》いた病院の皆《みな》さんたちのことも、知ってほしいと思います。

終わりに、新日本出版社の担当、柿沼秀明氏には、大変お世話になりました。さし絵は私の二男の早乙女民《さおとめたみ》とそのパートナーの宏子《ひろこ》さんでした。ありがとうございました。

（作者）

早乙女勝元（さおとめ　かつもと）

1932年東京生まれ。作家、東京大空襲・戦災資料センター館長。主な絵本・児童書に『アンネ・フランク』（新日本出版社）、『パパママバイバイ』（日本図書センター）、『東京大空襲ものがたり』（金の星社）、『猫は生きている』（理論社）など多数。

タミ　ヒロコ

タミ（早乙女民・さおとめ　たみ）1968年東京生まれ。マンガイラストで活躍中。第2回小学館「おひさま大賞」優秀賞受賞。イラストを担当した書籍に『探検！ことばの世界』『ことばに魅せられて 対話篇』（以上ひつじ書房）、『フームくん』（小学館）、『バレエ用語集』（新書館）など。ブログ「tabitamiの日記」。

ヒロコ（早乙女宏子・さおとめ　ひろこ）神奈川生まれ。イラストレーター。イラストを担当した書籍に『きれいをつくるバレエ習慣』（新書館）など。

タミ ヒロコの絵本に『かいものへいこう』（学研）がある。

赤《あか》ちゃんと母《ママ》の火《ひ》の夜《よる》

2018年2月5日　初　版　　NDC913 70P 21cm

作　者　早乙女勝元　　画　家　タミ ヒロコ
発行者　田所　稔
発行所　株式会社 新日本出版社
〒151-0051　東京都渋谷区千駄ヶ谷 4-25-6
電話　営業 03（3423）8402／編集 03（3423）9323
info@shinnihon-net.co.jp　www.shinnihon-net.co.jp
振替　00130-0-13681
印　刷　亨有堂印刷所　　製　本　小高製本

落丁・乱丁がありましたらおとりかえいたします。

ISBN978-4-406-06204-6　C8093　Printed in Japan